喵呜

宫西达也/文·图　　彭懿/译

新疆青少年出版社

"记住，这就是猫！一看到这张脸，要赶快逃！要是被抓住了，就没命了，'啊呜'一口就被吃到肚子里去了！"

老师在上课，小老鼠们听得认真极了。

不过……哎哎哎……
有三只小老鼠在那里"吱吱吱"、"吱吱吱"地聊天，
老师的话一句也没有听进去。

过了好半天，三只小老鼠才发现大家都不见了。

"哎呀，怎么都没影了？"

"那咱们去摘桃子吧！"

"太好了，走吧，走吧！"

小老鼠们出发了。

可就在这时——

喵呜——

一只胡子绷得直挺挺的大肥猫，
挥舞着爪子，
站在三只小老鼠的面前。

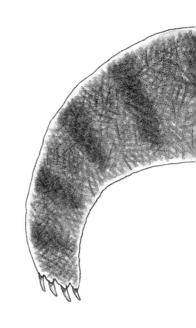

三只小老鼠缩成一团，

小声嘀咕开了：

"吓死我了……"

"这位大叔是谁呀？"

"'喵呜——'的一声，突然就蹿了出来！"

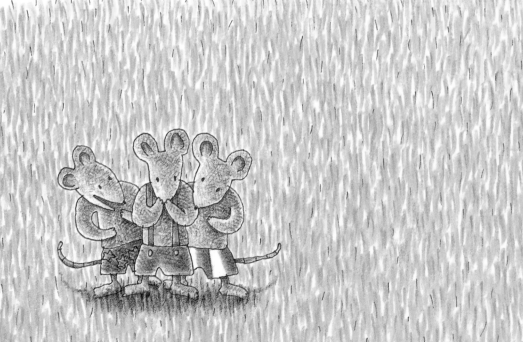

"大叔，你是谁呀？"

大肥猫吓了一大跳。

于是，小老鼠又用洪亮的声音问了一遍：

"大叔，你是谁呀？"

"我、我、我是谁……我、我是圆圆啊！"

话一出口，大肥猫脸都有点羞红了。

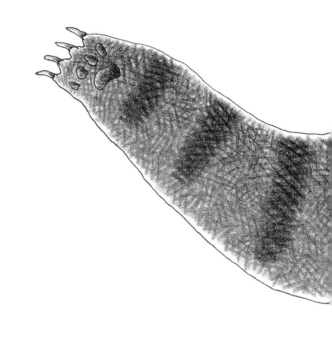

"原来是圆圆啊……嘻嘻。"

"圆圆大叔，你在这里干什么呀？"

"干、干什么……没干什么呀……"大肥猫撅着嘴说。

"那么好吧，就和我们一起去摘好吃的桃子吧！"

听小老鼠们这么一说，大肥猫想：

（好吃的桃子……好啊好啊……吃完了桃子，再把这三只……嘿嘿嘿嘿……我今天运气怎么这么好呢！）

大肥猫驮着三只小老鼠，朝桃树林跑去。

三只小老鼠和大肥猫吃起了桃子。
（真、真好吃……不过，可不能吃太多。要是吃饱
了，这几个小家伙就吃不下去了。嘿嘿嘿嘿……）
大肥猫一边吃桃子，一边想。

吃完桃子，
　三只小老鼠和大肥猫，抱着吃剩下的
桃子回来了。

　走到快分手的地方，
　大肥猫突然一下子站住了。

喵呜

可怕的声音叫了起来！
大肥猫憋足了劲儿，用最最

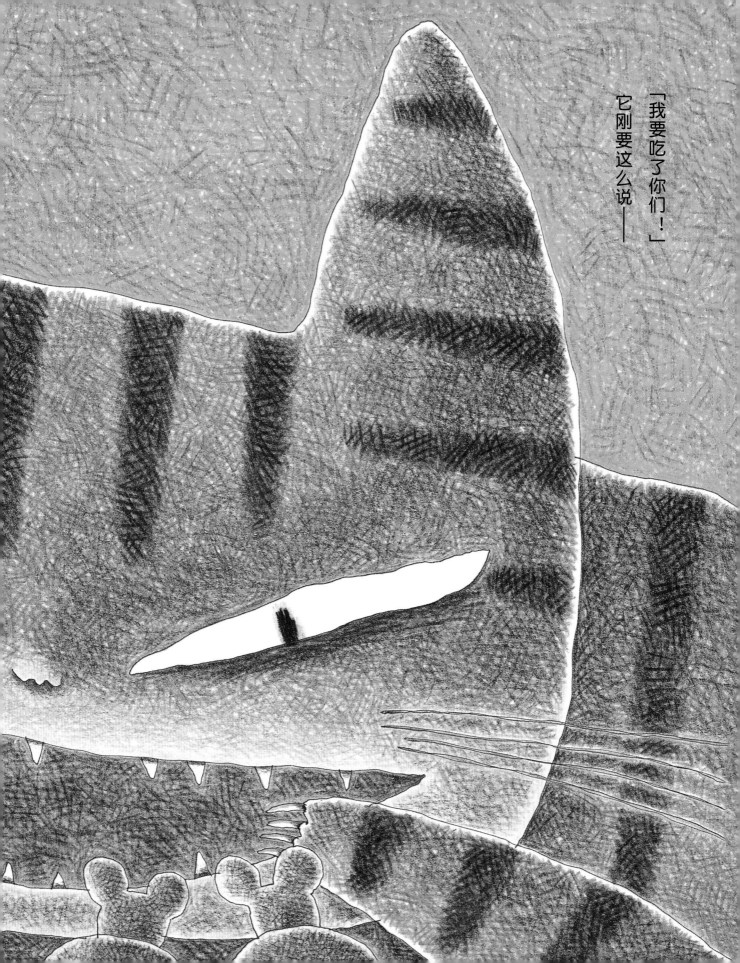

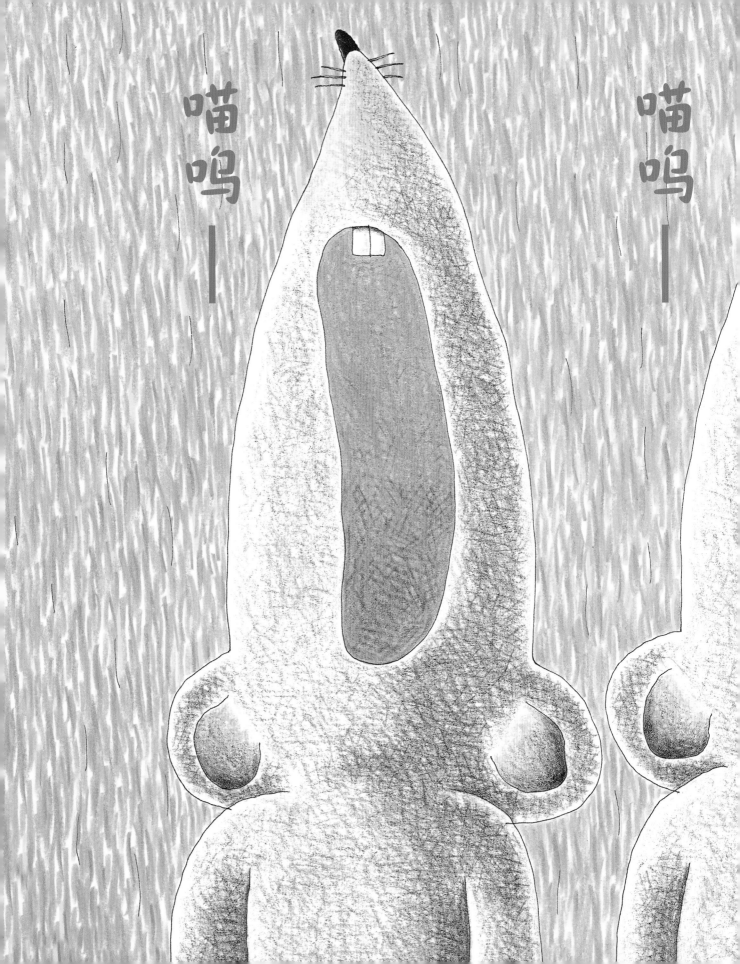

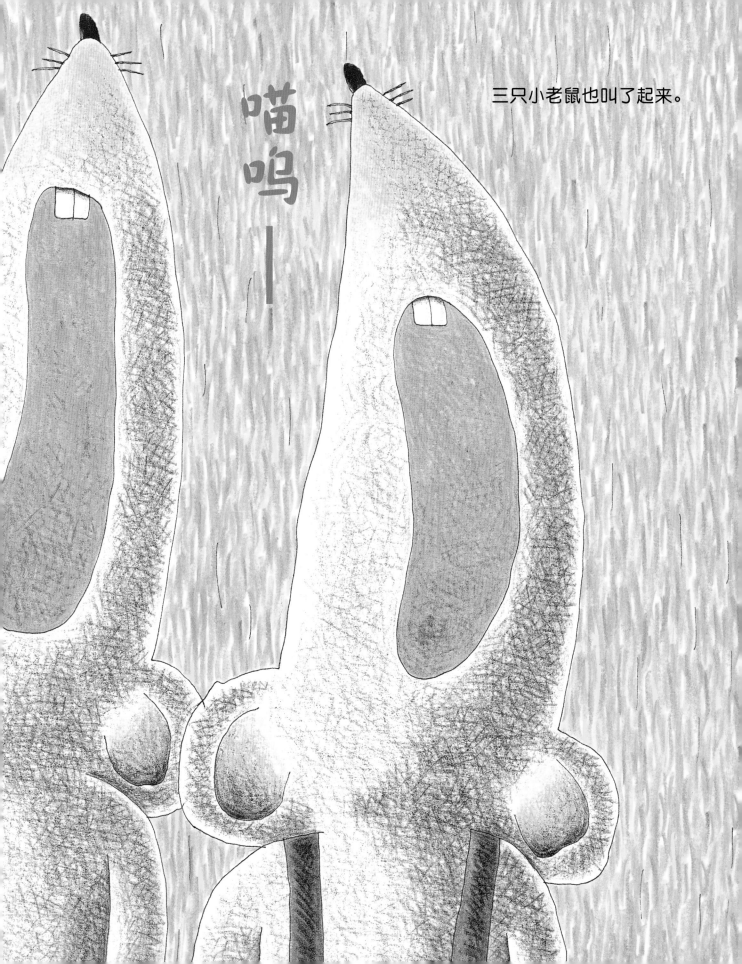

喵鸣——

三只小老鼠也叫了起来。

"嘻嘻嘻……刚见到圆圆大叔时，大叔就说了一声'喵呜——'呢。那时候，大叔说的是'你好'的意思吧？现在这声'喵呜——'，是'再见'的意思吧？"

"大叔，给你，这是礼物！"

"我们一人一个。我这个是给我弟弟的礼物。"

"我这个给我妹妹。"

"我这个给我弟弟。圆圆大叔，你有弟弟和妹妹吗？"

"我、我有孩子……"

大肥猫小声地回答道。

"是吗？你有几个孩子？"

"四个！"

听大肥猫这么一说，一只小老鼠说：

"一个桃子，也不够四个孩子吃的呀。把我这只送给你吧！"

"我这只也送给你。"

"还有我的桃子。"

"唉——"

大肥猫长长地叹了一口气。

大肥猫抱着桃子往回走。

小老鼠一边挥手，一边喊：

"大叔，下次我们还要去摘桃子啊——"

"说好啦——"

"一定要来呀——"

大肥猫紧紧地抱着桃子，

喵呜——

小声地回答道。